To the Condon family and to Kara,
for living life so generously
M. B.

For Kevin, who has always been a wonderful friend
and a horrible Scrabble player
N. Z. J.

Text copyright © 2007 by Maribeth Boelts
Illustrations copyright © 2007 by Noah Z. Jones
Translation by Teresa Mlawer, copyright © 2018 by Candlewick Press

First edition in Spanish 2018

Library of Congress Catalog Card Number pending

ISBN 978-0-7636-2499-6 (English hardcover)
ISBN 978-0-7636-4284-6 (English paperback)
ISBN 978-1-5362-0392-9 (Spanish hardcover)
ISBN 978-0-7636-9979-6 (Spanish paperback)

18 19 20 21 22 23 CCP 10 9 8 7 6 5 4 3 2 1

Printed in Shenzhen, Guangdong, China

This book was typeset in Univers.
The illustrations were done in watercolor, pencil,
and ink and were assembled digitally.

Candlewick Press
99 Dover Street
Somerville, Massachusetts 02144

visit us at www.candlewick.com

Esos zapatos

Maribeth Boelts

ilustrado por Noah Z. Jones

traducido por Teresa Mlawer

CANDLEWICK PRESS

Compra estos Zapatos

Sueño con esos zapatos.
Altos, negros. Dos franjas blancas.

—Abuela, yo quiero esos zapatos.

—¿Qué es eso de «quiero»? Aquí no se habla de «quiero», sino de «necesito» —dice Abuela—. Y lo que *necesitas* son unas botas nuevas para el invierno.

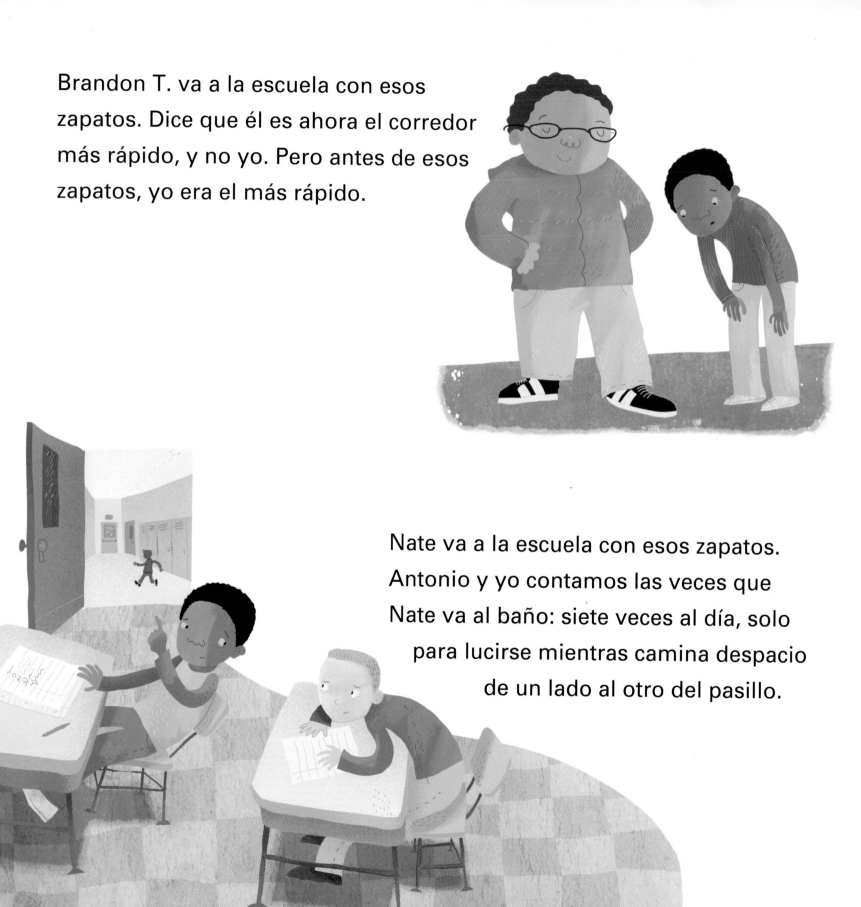

Brandon T. va a la escuela con esos zapatos. Dice que él es ahora el corredor más rápido, y no yo. Pero antes de esos zapatos, yo era el más rápido.

Nate va a la escuela con esos zapatos. Antonio y yo contamos las veces que Nate va al baño: siete veces al día, solo para lucirse mientras camina despacio de un lado al otro del pasillo.

Luego veo que Allen Jacoby y Terrence también tienen esos zapatos.

Entonces, un día, en medio de las prácticas de *kickball*,
se despega la suela de uno de mis zapatos.

—Jeremy, me parece que necesitas un par de zapatos
nuevos —dice el señor Alfrey, el consejero escolar. Entonces
saca la caja que guarda con zapatos y otras cosas que
pueden necesitar los niños. Por fin encontramos los únicos
zapatos que son de mi número; son de velcro, como los de
mi primito Marshall. Tienen la figura de un animalito de un
programa de dibujos animados que estoy seguro ningún
niño ha visto jamás.

Cuando regreso a la clase, Allen Jacoby se queda mirando
mis zapatos y se echa a reír, al igual que Terrence, Brandon T
y todos los demás. El único que no se ríe es Antonio Parker.

Una vez en casa, Abuela dice:
—Qué amable el señor Alfrey.
Asiento con la cabeza y me doy la vuelta. No voy a echarme
a llorar por esos tontos zapatos.

Pero más tarde,
mientras hago
la tarea de ortografía,
cada palabra
parece deletrear
zapatos.
Agarro el lápiz
con tanta fuerza
que parece que
se va a partir.

El sábado Abuela me dice:

—Vamos a ver si encontramos esos zapatos que tanto quieres. Tengo un dinerito ahorrado. Quién sabe, quizá sea suficiente.

En la zapatería, Abuela le da la vuelta a uno de esos zapatos
para comprobar el precio. Cuando lo ve, se deja caer abatida.

—A lo mejor está equivocado —le digo.

Abuela niega con la cabeza.

Entonces pienso en las tiendas de segunda mano, y recuerdo que...
—¿Y si a un niño rico se le quedaron pequeños, o si recibió dos pares
en Navidad y decidió regalar uno de ellos?

Tomamos el autobús hasta la primera tienda. Botas de vaquero
negras, zapatillas rosadas, sandalias, zapatos de tacón alto...,
toda clase de zapatos menos los que yo quiero.
Después vamos en autobús hasta la siguiente tienda. Nada...
A la vuelta de la esquina, está la tercera tienda de segunda
mano... Entonces veo algo en el escaparate.

Zapatos negros altos con dos franjas blancas.

Como nuevos.

$2.50.

ESOS ZAPATOS.

El corazón me late muy rápido mientras me quito
los zapatos y me estiro las medias.
—¡Estupendo! —grita Abuela—. ¿Qué número son?
Meto el pie dentro del zapato y encojo los dedos para
que me entre.
—No lo sé, pero creo que me quedan bien.

Abuela se arrodilla en el piso y presiona la punta
del zapato para sentir dónde llegan mis dedos.
—Lo siento, Jeremy, pero no puedo gastar el dinero
en unos zapatos que te quedan pequeños.

Me calzo bien el otro zapato y camino por la tienda.

—Me quedan bien —digo conteniendo la respiración
y rezando para que se me encojan los dedos del pie.
Pero los dedos no se me encogen.

Me los compro con mi propio dinero, me los calzo a la
fuerza y camino cojeando hasta la parada del autobús.

Unos días más tarde, Abuela deja unas botas de invierno nuevas
en mi clóset. Se sienta a mi lado, me abraza y no dice nada de lo
que a simple vista se ve: mis pies son demasiado grandes para unos
zapatos demasiado pequeños.

—Con el tiempo, a veces, los zapatos se estiran —digo.

Todos los días me los pruebo, pero los zapatos no se estiran, y tengo que usar los zapatos que me dio el señor Alfrey para ir a la escuela.

Un día, durante la clase de Matemáticas, me fijo en los zapatos de Antonio. Lleva un zapato remendado con una cinta adhesiva. Sus pies parecen más pequeños que los míos.

Después de la escuela, voy al parque y me pongo a pensar.

Antonio está allí, el único niño que no se rio de mis zapatos.

Jugamos al baloncesto. La cinta
adhesiva del zapato de Antonio
golpea el cemento cada vez que salta.
«No lo voy a hacer», pienso.

Saltamos de los columpios.
«No lo voy a hacer».

Echamos una carrera de un extremo al otro del parque.

—¡No lo voy a hacer! —digo.

—¿Hacer qué? —pregunta Antonio, jadeante.

Abuela me llama para cenar y le dice a Antonio que puede venir también. Después de la cena, se fija en mis zapatos nuevos.

—¿Por qué no los usas? —me pregunta.

Me encojo de hombros. Me sudan las manos. Se ve claro que le gustaría que esos zapatos fueran suyos.

Esa noche me quedo despierto durante mucho rato pensando en Antonio. Cuando amanece, me pruebo los zapatos una vez más.

Antes de que cambie de idea, me guardo los zapatos en el abrigo.
Ha comenzado a nevar, y cruzo rápidamente la calle hasta el
apartamento de Antonio. Dejo los zapatos a la entrada de su casa.
Toco el timbre de la puerta y salgo corriendo.

En la escuela, Antonio sonríe contento con sus zapatos nuevos. Me siento feliz al ver su cara, pero enojado cuando veo mis zapatos, los zapatos del señor Alfrey.

Llega la hora del recreo, y cuando estamos listos para salir, vemos que hay nieve por todas partes.

—Dejen los zapatos en el pasillo y pónganse las botas —dice el maestro.

«Dejen los zapatos en el pasillo…», y entonces recuerdo lo que llevo dentro de la mochila: unas botas nuevas. Unas botas negras y relucientes que nadie ha usado antes.

Estamos en la fila para salir al recreo cuando Antonio se acerca a mí y me dice:
—Gracias.

Le sonrío y le doy un suave codazo…

¡A VER QUIÉN LLEGA PRIMERO!